NÉMÉSIS

EN PROVINCE,

SATIRES,

PAR

VICTOR LAPORTE.

I

LES TROIS-SIX.

Prix : 50 centimes.

BORDEAUX,

CHEZ LES PRINCIPAUX LIBRAIRES.

1846.

NÉMÉSIS

EN PROVINCE,

SATIRES,

PAR

VICTOR LAPORTE.

I

LES TROIS-SIX.

BORDEAUX,

CHEZ LES PRINCIPAUX LIBRAIRES.

1846.

1

LES TROIS-SIX.

LASSE de se plonger dans un fangeux cloaque,
Ta Némésis enfin remonte au *zodiaque*,
Et Paris vient t'offrir, splendide de rayons,
Comme un autre Zénith, ses constellations !

Tu contemples, roulant au-dessus de nos têtes,

Filles de ton cerveau, ces nouvelles planètes ;

Et trop long-temps rivé sur le niveau du sol,

Vers l'éther lumineux tu peux prendre ton vol.

Parfois, de leur éclat, remontant vers la source,

De ton vers incisif tu harcelles leur course ;

Ou te sens attirer, plein d'amour, de respect,

Vers l'astre t'inondant de son sublime aspect.

Ta poétique faim, choisissant sa pâture,

Prend, ou la politique, ou la littérature....

Heureux Barthélemy ! dans tes plus noirs accès

J'admire ton talent, j'applaudis tes succès......—

Pour moi, poète obscur qu'une force fatale

Retient ici banni de votre capitale,

Moi qui, partout borné par l'étroit horizon,

Jamais sur mon chemin ne vois luire un rayon !

Moi, que puis-je au milieu de ces hommes vulgaires

Nourris de préjugés et d'intestines guerres !

Implacables rivaux, dont les élans jaloux,

Sèment de plus en plus la haine parmi nous.

Vois donc,—de toutes parts la sottise circule;
De la corruption on passe au ridicule!....

O poète! pour qui les cieux purs sont ouverts,
A quels astres veux-tu que j'adresse mes vers?

Au fait, sur quels sujets faut-il que je m'arrête?
Quel scandale a transmis la chronique secrète? —
Mais d'obscurs coulissiers, préparant leur paquet,
Demandent à grands cris pour la Bourse un parquet. —
Entre le fleuve neutre une querelle éclate :
La Bastide, dit-on, ravage Paludate;
Un sot écrivassier, sur ce point trop fécond,
Demande le rachat du péage du pont.
Eh bien! que fait cela? Mais de plats parodistes,
Qui se font appeler les *libres échangistes*,
Avides parvenus, inventeurs de congrès,
Égoïstes voilés du masque du progrès,

Veulent, sous un prétexte absurde et chimérique,

Apporter quelque trouble à la chose publique.

Pour le bien du pays, agissant sans mandat,

Ils ont déjà formé leur noble syndicat.

Que m'importe ?—Pourtant un prince débonnaire

Consent à devenir président honoraire !......

Soit — le club bordelais mérite assurément,

Bien plus que ses chevaux, cet *encouragement.*

Enfin, que Florian, du jockey-club la fable,

Trouve, autant que sa voix, sa cravate agréable,

Que tel autre, arrivé, dit-on, de Périgueux

Attelle à son briska quatre chevaux fougueux,

Qu'à lui seul, pour avoir l'emploi de ses tendresses,

Des lions furieux il dompte les maîtresses ;

Pour le pied de Maillet, ou la voix de Mathieu,

Qu'il brûle tour à tour d'un métallique feu.

Qu'on dise, en certain lieu, j'atteste l'aventure,

Que pour être plus sûr de sa candidature,

Monsieur de Lavalette, en habile cornac,

Mène Ibrahim-Pacha jusque dans Bergerac :

Je m'en occupe peu. Mes œuvres mensuelles
Pourront vivre plus tard de semblables nouvelles ;
Je veux prendre aujourd'hui dans l'impur réservoir
De nos débordements le plus hideux à voir,
Traîner par la cité, cloués sur une claie,
Ces monstrueux abus, cette incurable plaie ;
Je veux, en me riant de vos amers soucis,
Voir s'allumer ma rage aux feux de vos *Troix-six ! ! !*

En attendant la nuit, nuit lugubre et sans astres
(Hélas ! le ciel parfois permet de tels désastres)
Où l'alcool en feu, serpentant sur le sol,
Essaira sur nos toits de reposer son vol ;
Où tordant, pour sortir, les cercles de sa cuve,
Il jaillira d'un bond, ainsi que du Vésuve ;
Où les foudres rougis, sautant sur leurs affûts,
Semblables aux mortiers, vomiront leurs obus ;
En attendant la nuit où les Chartrons en flamme,
Comme un vaisseau géant, sombreront sous la lame !

Où le fleuve, chassant ses flots épouvantés,

Ira porter au loin ces sinistres clartés !

Où dans les airs, passant comme une voix qui pleure,

La cloche gémira sans nous indiquer l'heure !

Où la mère, pressant son enfant sur son sein,

Pâle, les yeux hagards, lui crira : le tocsin ! —

Eh bién ! en attendant ces maux, dont Dieu nous garde !

Jusque dans vos comptoirs il faut que je regarde. —

Si le trois-six ardent ne brûle pas vos chais,

Il incendie au moins la Bourse et vos marchés.

Ouvrez vos livres, donc ! Je veux pouvoir y lire

Jusqu'où l'appât du gain pousse votre délire.

Il me plaît aujourd'hui d'inspecter votre actif,

De savoir si le cours est réel ou fictif ! —

Ah ! vous pensiez ainsi, de votre heureuse chance,

Ne jamais supporter la cruelle inconstance !

Il vous paraissait doux, cet honorable état

Qui vous donnait toujours un si beau résultat.

Vous trouviez bon, vraiment, spéculant à la baisse,

Aux dépens des haussiers, de remplir votre caisse.

C'était superbe, alors!—avec vos jaunes gants

Vous touchiez les harnais de vos chevaux fringants.

Chez vous c'étaient des bals, des dîners et des fêtes;

Pour vos femmes c'étaient des parures parfaites;

Vous aviez, pour les jours de la belle saison,

Sous quelque vert feuillage, une blanche maison. —

Quant à ceux qui, bercés d'une espérance fausse,

Acceptaient vos marchés, spéculant à la hausse;

Quant à ces commerçants, hommes de bonne foi,

Qui de mourir intacts se sont fait une loi,

Honorables maisons! qui n'ont que leur parole!

Joueurs, qui vous payaient jusqu'à la moindre obole,

A peine, en liquidant avec avidité,

Daigniez-vous seulement vanter leur loyauté!

Mais ces temps sont changés : le Destin qui vous raille,

Crésus! de votre règne a tourné la médaille....

Cent vingt francs — c'est, dit-on, le vrai cours du trois-six

Et vous l'avez vendu pour francs soixante-dix! —

Il faut s'exécuter! Que voulez-vous? la chance
Ne pouvait pas toujours vous prêter assistance.
Allons! il faut, tentant un légitime effort,
Livrer, ou bien puiser dans votre coffre-fort;
Il faut, en imitant vos loyaux adversaires,
Prouver qu'aussi bien qu'eux vous traitez les affaires.
Mais non;—vous hésitez... éperdus... aux abois,
Comme un spectre vers vous marche la fin du mois! —
Vous parlez de complot, d'illégal monopole;
Partout l'accapareur vous pressure et vous vole!
Mais vous ne dites mot des nombreux gains passés,
Des deniers des perdants par vos mains entassés!
Que vous font, après tout, la bonne foi, l'usage,
Le bordereau légal qui lie et vous engage?
Pour garder leur argent à tout ils ont recours;
Ils font vite établir quelque frauduleux cours;
Plusieurs, des avocats fameux par l'éloquence,
Pour cette cause sainte implorent l'assistance;
Les uns, plaident le cours, et les autres, le jeu;
Mais tous sont gens d'honneur.. du moins de leur aveu. —

Oh ! c'en est trop, mon Dieu ! je sens que de la honte

Le rouge en y songeant au visage me monte ;

Car eux seuls ils ont dit, pour la première fois :

Quand je gagne... je prends—et quand je perds... je dois.

Et puis, si c'était tout ; si, confus, en silence,

Ils avaient du moins l'air d'implorer l'indulgence !

Mais non, la tête haute et marchant à pas lents,

Ils promènent partout leurs regards insolents.

Que vous alliez pour voir, suivant votre caprice,

Risley l'américain, ou bien le jeune Price ;

Que les cercles unis, par de *nobles* liens,

Veuillent pour leurs concerts des chants italiens :

Vous trouvez tout d'abord, étendus dans leur stalle,

Ces Messieurs gazouillant une heureuse finale ;

Ou bien le ton hautain et le lorgnon dans l'œil,

Ils semblent se ployer sous leur stupide orgueil ;

En convenable aplomb, érigeant leur cynisme,

Ils vont jusqu'à singer un juvenil dandysme ;

Ou prenant quelquefois un maintien protecteur,

Ils daignent écouter un excellent acteur,

Si d'un digne voisin, l'aimable compagnie,

Ne vient les détourner par quelque calomnie. —

D'autres, qui vont parfois dans les cercles le soir

(Car pour médire ensuite ils aiment à tout voir),

Se placent, affectant un sourire agréable,

Pour regarder jouer le plus près de la table ;

Et là, ces hommes purs, de principes imbus,

Prennent fort en pitié tous ces gens corrompus,

Qu'un plus hardi joueur, à gauche ou bien à droite,

Risque ces cinq rouleaux fixés dans une boîte,

Que pontes ou banquiers règlent toujours comptant,

Sans transiger jamais, le coup le plus piquant :

L'honnête homme indigné de cet étrange usage,

En signe de mépris contracte son visage ;

Et prenant sa voiture, avec célérité,

Il maudit en roulant tant de perversité ! —

Et l'on ne pourrait pas, dans le siècle où nous sommes,

Esquisser librement les portraits de ces hommes !

On doit les passer tous au public laminoir :

C'est un droit, je dis plus, même, — c'est un devoir. —

Sur les considérants des juges du commerce,

Je ne veux pas ici porter la controverse ;

D'ailleurs, ce jugement attaqué par l'appel,

Pourra-t-il résister sous le royal scalpel ? —

Il ne m'appartient plus de parler procédure ;

J'attends sans critiquer la sentence future ;

Mais bien ou mal jugé, qu'importe ? — Magistrats !

Le code absent, — l'honneur respecte les contrats !

La parole ! voilà la loi d'une âme pure,

Et ne pas la tenir, c'est s'avouer parjure ! —

Vous l'avez prononcé ! — Riche spéculateur !

Maintenant, que l'argent te tienne lieu d'honneur !

Que vous soyez consuls de Saxe ou de Bavière !

Que vos splendides chais bordent notre rivière !

Croyez-vous empêcher qu'on vous parle bien haut ?

Tenez, lisez plutôt le journal de l'Héraut !

Et croyez-vous encor les juges consulaires

Seuls capables sur vous d'amasser leurs colères ?

Vous ne savez donc pas, roturiers ou barons !

Qu'au loin, bien moins qu'ici l'on respecte vos noms ?

Vous ne savez donc pas que, dans toute la France,
On sait que tel n'a pas payé sa *différence*?
Qu'une invisible main, dans les siècles futurs,
A la Bourse viendra l'afficher sur les murs?
Transigez! transigez!—Pour un instant, je pense,
Aux fronts de vos commis laissez votre insolence;
Puis allez tout courant, suppliant, chapeau bas,
Offrir vos cinq pour cent, — on ne le saura pas. —
Ou mieux, ne payez rien, plaidez vos saintes causes,
Elles vous ont rendus dignes d'apothéoses!
Vous n'en serez pas moins, malgré nos tribunaux,
Ou trafiquants impurs ou joueurs déloyaux! —

Bordeaux, Typ de Suwerinck, Bazar bordelais.

www.ingramcontent.com/pod-product-compliance
Lightning Source LLC
Chambersburg PA
CBHW061433170626
46811CB00005B/2245